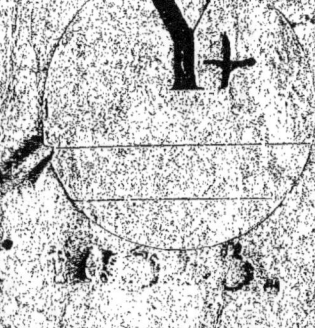

10583

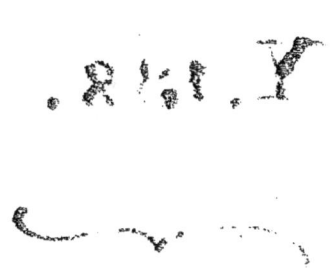

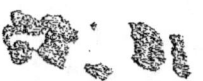

Y.138.

Y.138.

LE
CHARACTERE
ELEGIAQVE.

PAR IVLES
DE LA MESNARDIERE.

TEGIT ET QVOS TANGIT INAVRA

A PARIS,
Chez la Veuue IEAN CAMVSAT, ruë
sainct Iacques, à la Toison d'Or.

M. DC. XXXX.
AVEC PRIVILEGE DV ROY.

rie
nei
bea
leû
de
ceu
iét
cla
Sc
qu
d
ta

A CEVX

QVI AIMENT

LA POESIE.

EPVIS que l'appro-
bation des plus grans
Efprits de ce fiecle
m'oblige de continüer
l'Ouurage que i'ay en-
trepris, ie penfe fe-
rieufement aux moyens de vous donner vne entiere connoiffance des
beautez de la Poëfie. Ceux qui ont
leû foigneufement le premier Tome
de ma Poëtique, difent auoir apperceu qu'encore que les Preceptes que
i'établis dans ce Liure, foient auffi
clairs qu'ils peuuent l'eftre dans vne
Science obfcure, & moins connuë
qu'eftimée, toutefois ce nombre
d'Exemples que i'ay tirez auec choix,
tant des Poëmes étrangers, que de

mes propres ouurages, fait vne impreſſion profonde ſur l'eſprit de mes Lecteurs. Et ſans mentir les Exemples ont vne merueilleuſe force parmi les Enſeignemens; & ils font dans les belles lettres ce que fait la Demonſtration & cette eſpece d'Argumens que l'on nomme Apodictiques, dans les Sciences releuées. Cette raiſon me conuie de pourſuiure mon trauail ainſi que ie l'ay commencé; & de donner à la France des modelles de tous les Poëmes, où elle puiſſe découurir les attributs naturels, & les qualitez ſpecifiques de chaque ſorte de Poëſie. Il y a près de deux mille ans qu'vn grand homme a prononcé, *Que la perfection des Sciences, c'eſt de démeſler les Idées des choſes qui ſe reſſemblent.* Et à dire la verité, ceux qui ſe meſlent de iuger des productions de l'eſprit, ne ſont pas fort delicats, ni meſme fort iudicieux, ſi d'abord ils ne conſiderent le Stile des Ecriuains, pour découurir s'il eſt propre aux matieres qu'ils expliquent. Il eſt certain que cette marque fait apperceuoir dés l'entrée aux perſonnes intelligentes, ſi l'ouurage qu'ils examinent, est le trauail d'vn grand Poëte, sçauant en sa profession ; ou s'il est d'vn simple rimeur vniforme en ses notions, incapable de discerner entre les manieres des choses, & d'accommoder son Art à leurs differentes natures. Ce changement de Charactere introduit auec connoissance dans les diuerses productions, est le plus beau trait du Maistre, sa derniere delicatesse, & le signe indubitable des lumieres de son genie. Et puis qu'il est commandé par les Ordonnances de l'Art , de faire parler & agir châque espece de personnes selon leur fortune presente, selon les mœurs de leurs païs, & mesme selon leur aage; il est fort aisé de iuger qu'en general vn ouurage est extrémement imparfait, quand il n'a pas la qualité qui lui doit estre toute propre, & distinguer ses mouuemens d'auec ceux qui en approchent.

Par là nous pouuons reconnoître combien nous auons peu de Poëtes; quoy que par le nombre des Poëmes en quoy ce temps est si fertile , il semble que le Parnasse s'étende par

6

toute la terre. En effet fi l'on exa-
mine la plufpart des œuures Poëti-
ques qui font eftimées parmy nous, fi
l'on regarde les methodes que leurs
Autheurs ont obferuées dans leurs
diuerfes productions , on fera contraint d'auoüer que ces Meffieurs ont
employé les mefmes façons d'écrire
en des fujets oppofez , & que leur in-
telligence n'eft pas allée iufques-là,
que de leur faire comprendre qu'il
falloit varier les tons de cette celefte
harmonie, felon les diuers fentimens
aufquels elle étoit appliquée. Cét
aueuglement des Poëtes s'eft com-
muniqué à leurs iuges. Si les Ecriuains ont peché contre la diuerfité fi
neceffaire à leurs ouurages, ceux qui
en ont fait la cenfure, ne fe font ia-
mais auifez de les blafmer par cét
endroit Ils fe font pluftoft attachez
à des fautes peu importantes, qu'aux
erreurs effentielles ; à choquer vn
vers rampant, vne fyllabe languiffan-
te, ou vne rime imparfaite, qu'à con-
damner en general toute la maniere
du Poëme, quãd elle étoit défectueu-
fe. Ce fiecle fi clairuoyant, & où il
femble que les hommes fe veüillent

égaller aux Anges pour les lumieres
de l'esprit, n'est pas exent de ces te-
nebres. La plufpart de ces Oracles
qui font adorez à la Cour, foit par fa
baffeffe ordinaire, ou faute de difcer-
nement, font eux-mefmes fort aueu-
gles dans la connoiffance des Poëmes. Ils confiderent feulement fi vne
fleur eft bien peinte, fans voir fi elle
eft bien placée. Au iugement de ces
Maiftres, le grand charme de la Poëfie confifte à bien tourner le vers, à
rimer heureufement, à combattre par
antithefes, & à s'éleuer fur ces poin-
tes qu'ils appellent *des traits d'efprit*.
La defcription d'vn torrent, d'vn
naufrage ou d'vne bataille, entrepri-
fe mal à propos, les touchera dauantage parmi des fentimens lugubres,
que le difcours languiffant d'vne per-
fonne affligée. Il n importe que les
penfées foient directement contrai-
res à l'intention des ouurages, pour-
ueu qu'elles foient enoncées d'vne
maniere fpecieufe. Ils feront perfua-
dez de la capacité du Poëte felon la
grandeur des images qu'il aura re-
prefentées, & non pas par leur ref-
femblance aux mouuemens de la Na-

A iiij

ture, qu'il eſt obligé d'imiter. Bref ſi
l'on en croit ces grans hommes, il
ſuffit que le Dieu des Poëtes échauffe
leur phantaſie, ſans éclairer leur iugement. Cette déprauation de gouſt
leur fait ſouuent admirer l'affecta-
tion & la molleſſe, meſme dans le
Poëme Tragique. Pour eux la ſimple
Comedie peut eſtre maieſtueuſe, &
s'éleuer ſur le cothurne, ſans qu'ils
la trouuent ridicule. La pompe & la
ſeuerité ne leur ſemblent point vi-
cieuſes dans la Poëſie Elegiaque.
L'Epique peut eſtre ſerrée, baſſe, contrainte & languiſſante, ſans leur pa-
roître imparfaite; & l'Ode ſera ram-
pante, plaintiue & iniurieuſe, ſans
qu'ils remarquent ces defauts. Comme ſi la ſeule raiſon, ſans le ſecours
des Preceptes, ne nous faiſoit pas reconnoître que la ſouueraine beauté
des operations d'eſprit, c'eſt d'auoir
les conditions qui leur ſont eſſentiel-
les; les triſtes, d'eſtre lugubres; les
pompeuſes, d'eſtre ſplendides; les
graues, d'eſtre ſeueres; & ainſi des
autres eſpeces, chacune ſelon l'objet
à quoy elle eſt deſtinée.

L'incomparable Virgile merite d'e-

uer dans le Ciel par leurs expreſſions
magnifiques.

Ah valeat Phœbum quicúmq; moratur in armis. prop.
  Exactus tenui pumice verſus eat.
Mollia Pegaſides veſtro date ſerta Poëtæ:
  Non faciet capiti dura corona meo.

C'eſt ce que nous veut faire enten-
dre le Prince des Elegiaques , lors
que dans l'apparition dont nous par-
lions maintenant , il attribüe à cette
Muſe vn habit ſimple, & fort le-
ger.

Forma decens, veſtis tenuiſſima, vultus amantis.
Ite leues Elegi doctas ad Conſulis aures.

Tel étoit le Charactere de cette
Poëſie douloureuſe, durant le ſiecle
des beaux Arts. Lors que ceux qui
l'ont entrepriſe, ſe ſont éloignez de
ces Regles, ils ont été accuſez par
les Critiques d'Italie ; les vns d'eſtre
durs & auſteres, comme le genereux
Gallus ; les autres d'eſtre effeminez,
comme le déplorable Ouide.

Maintenant pour ſa meſure , les
Grecs qui l'ont inuentée, la firent de
Vers inégaux , dont le premier auoit

six pieds, & le second seulement cinq.

Ouid. *Venit odoratos Elegëia nexa capillos.*
Et puto pes illi longior alter erat.

Mesure qu'ils iugérent propre à
dépeindre naïfuement par son iné-
galité, le desordre & la confusion qui
se jettent dans vne ame, lors que la
douleur la surmonte. Ces Vers de
diuerse longueur, l'Hexametre, & le
Pentametre, furent tellement affe-
ctez à cette espece de Poësie, que depuis on se seruit du nom de *Vers Ele-*
giaques pour exprimer l'accouple-
ment de ces differétes mesures. Mais
comme nos premiers Poëtes auoient
beaucoup plus de feu que de connoissance de l'Art, ils ont employé l'E-
legie à l'expression de leurs douleurs,
sans obseruer la quantité qu'elle
auoit receüe en naissant. Et certes ces
excellens hommes ne doiuent pas
estre honnorez de loüanges medio-
cres, soit pour auoir mieux vsé de
cette espece de Poësie que la pluspart
des Romains, soit pour auoir ressus-
cité l'étude de la Poësie mesme, que
la brutalité des Goths, & la barba-
rie des Vandales auoient éteinte dans

l'Europe. Au lieu donc que les Romains composoient leur Elegie sur cette mesure inegale , les François des derniers temps se sont seruis dans ce Poëme de leurs vers de dix syllabes, attachez à leurs feminins ; ou bien des masculins de douze , & des feminins de treize ; quantité que nous appellons la mesure Alexandrine. Outre ce premier changement, ils n'ont pas suiui les Latins en quelques autres circonstances qui concernent cette Muse. Les vns (& nôtre grand Ronsard est le chef de ce parti) ont pensé qu'apres trente Vers l'Elegie perdoit son nom , & qu'elle changeoit de nature pour deuenir Epopée: Et les autres ont estimé que les Auantures lugubres étoient seules connenables à cette Poësie languissante.

Sur le dernier de ces Articles, nous pouuons dire que nos Poëtes ne doiuent point estre blasmez; au contraire, qu'ils meritent vn éloge particulier, pour ne s'estre pas dispensez à former leurs Elegies de toutes sortes de matieres, bien que les Poëtes Romains ayant été fort licencieux dans le choix des argumens qu'ils ont expliquez dans ce Poëme. Nous ne desapprouuons point le scrupule d'vn bel esprit, qui voulant imiter Ouide dans l'expression de sa joye, a mieux aimé s'énoncer auec la liberté des Stances, que de chanter dans l'Elegie les victoires de son amour.

Ouid. *Ite triumphales circum mea tempora lauri.*

Il est temps que le Ciel d'vne double couronne
De myrte & de laurier mes cheueux enuironne.

Mais nous ne blasmons point Ouide d'auoir pris vne licence que les plus fameux Ecriuains auoient vsurpée auant lui. Nous ne pouuons le reprendre de s'estre serui hardiment du priuilege de son siecle, & d'auoir mis dans l'Elegie toutes les diuersitez dont l'vsage des Romains l'auoit renduë susceptible. Toutefois comme il est permis, & mesme souuent honnorable, de ne pas vser des licences qui sont accordées par les loix, le Poëte sera plus loüable de n'employer l'Elegie qu'aux choses tristes & lugubres, que s'il la faisoit seruir à

toute sorte de sujets. Si la pratique
des Anciens lui fait voir que cette
Poësie peut quelquefois estre gaye,
elle doit lui faire comprendre qu'il
n'en faut pas abuser; mais qu'à parler absolument, la tristesse & la douleur lui sont infiniment plus propres
que la joye & les delices.

Ceux qui enferment l'Elegie dans
la prison des trente vers, me semblent
estre mal fondez dans vn arrest si ri-
goureux. Car si nous decidons ce
poinct par la voye du Raisonnement,
il dira que cette Poësie ne doit pas
estre contrainte, puis que les soû-
pirs & les larmes, qui sont ses sujets
naturels, n'ont point de bornes as-
surées dans vne ame outrée de douleur. Que si nous consultons l'Vsage,
grand Iuge dans ces controuerses,
nous trouuerons que les Anciens
n'ont point été si resserrez dans leurs
Poëmes Elegiaques, qu'ils n'ayent
porté leur étendüe, non seulement à
plusieurs Vers, mais encore à plusieurs
pages. Pour ne parler point des
Grecs, dont la langue n'est pas com-
mune, qui de nous est si peu versé

dans la lecture des Romains, que de
n'auoir pas apperceu que les Elegies
de Tibulle vont iusques à deux cents
vers? Qui ne sçait point que Gallus
les a portées plus auant ? & que la
premiere des siennes s'éleue iusques
à trois cents? Properce n'est pas étendu dans la pluspart de ses Ouurages.
Cependant il a iugé que les vertus de
Mécéne, les loüanges de Cynthie, &
les merueilles de Rome, ne pouuoient
estre celebrées à moins que d'employer cés vers en chacun de ces Elo-
ges. Ouide a surpassé les autres, tant
par la longueur des Ouurages, que
par la pureté du stile. Cette incomparable Elegie qui fait tout vn liure
des Tristes, & qu'il addresse à Auguste,
est vne merueille de l'Art, dont les
plus excellens Maistres doiuent imiter les beautez; soit pour la grace des
pensées, qui sont vraiment Elegiaques; soit pour les façons de parler,
qui marquent admirablemét le Charactere de ce Poëme. Comme cette
piece lugubre est admirable en son
genre, & qu'elle n'a point de parties
qui ne doiuent estre estimées, elle
vuide la Question sur la longueur de

ce Poëme, & apprend aux Ecriuains qu'ils ne feront point exceffifs, quand ils ne le feront monter que iufques à cinq cents vers.

Si Ouide a été plus libre que tous fes contemporains pour l'étendüe de l'Elegie, il a été plus hardi qu'eux dans fa matiere & dans fa forme. La plufpart de ces grands Poëtes fe font contentez de parler de leurs propres auantures dans cette efpece de Poëfie; & Properce pour le plus, a fait raconter à la fienne certaines chofes hiftoriques, comme le combat d'A-ctium; ou quelques traits de la Fable, comme les exploits de Vertomne. Mais lui par vne hardieffe qui a produit de beaux effets, a porté iufqu'au Dialogue cette Mufe melan-cholique, que les écrits des Latins auoient toufiours fait parler feule, bien qu'ils l'euffent employée tantoft à celebrer les hommes, & tantoft à fléchir les Dieux. Le dernier liure *des Amours* commence par ce beau Poëme qui raconte l'entreueüe de la Poëfie Elegiaque, & de la graue Melpomene. Là parmi des inuentions dignes d'vn si bel esprit , & qui marquent adroittement la differente nature de ces deux sortes de Poëmes , nous voyons que l'Ecriuain se mesle agréablement dans les discours de ces Déesses , & que distinguant leurs réponses par les choses qu'il dit luimesme, il se rend comme le tiers dans cét entretien delicat. Ainsi il pratique à peu pres dans le Poëme Elegiaque ce que nous voyons dans l'Epique , lors que parmi les narrations qui sont faites par les Heros, le Poéte parle en sa personne , & demesle toutes choses, comme Directeur general des incidens de son Ouurage. A dire la verité , cette nouuelle methode de composer l'Elegie , a fort soulagé le Parnasse. Car l'exemple d'vn si grand Poëte a dóné droit à ses suiuans d'enfermer dans cette Poësie plusieurs Auantures celebres , & la pluspart fort pitoyables , qui sembloient trop étendües , & trop diuersifiées pour le Poëme Elegiaque , & qui n'étoient pas assez vastes, ni souuent assez illustres, pour en former des Epopées. Enfin depuis cette pratique, ceux qui ont écrit en vers, n'ont plus été si

empes-

empeſchez à trouuer vne Poëſie qui
fût propre à repreſenter cette eſpece
de ſujets que nous venons de figurer,
& qui ne s'accommodoient point aux
mouuemés de l'Idylle, ſoit pour n'eſtre pas fabuleux, ou pour eſtre trop
funeſtes. Les Latins qui ont veſcu
ſous le ſiecle de ces grans Princes
qui meritent d'eſtre adorez ſur meſme autel que les Muſes : Ceux, di-je,
qui ont triomphé ſous le regne du
Grand F R A N Ç O I S, & de C H A R L E S
ſon ſucceſſeur, ſe ſont ſeruis adroite-
ment d'vne Poëſie ſi commode. Mais
à parler ſincérement, il eſt certain
que ſon vſage n'a pas été reconnu de
la pluſpart des modernes qui ont é-
crit en nôtre langue depuis la mort
de ces grans Rois. Ie ne ſçai pas ſi
nôtre ſiécle eſt coupable de ce de-
faut. Il ſemble ſi illuminé non ſeule-
ment dans les beaux Arts, mais encore dans les Sciences de profonde
ſpeculation, & il paroiſt ſi hardi dans
ſes manieres de juger, qu'on doit
eſtre perſuadé ou qu'il ignore toutes
choſes, ou qu'il n'en ignore pas-vne.
Quoy qu'il en ſoit, les raiſonnables
approuueront mon deſſein. Ils gou-

fteront dauantage cette fincérité
d'efprit qui me fait traitter la Science pour en découurir les fecrets, que
le filence orgueilleux de certains efprits cachez qui font myftere de tout,
& penfent que la Poëfie ne fera ia-
mais entendüe s'ils ne lui feruent
d'interpretes. Bref ils diront que ces
difcours ne font pas infructueux
pour la Republique des Lettres, s'ils
confirment les plus forts dans la connoiffance de l'Art , ou s'ils la donnent aux plus foibles.

Ie facrifie ces penfées à l'inftru-
ction des derniers; & poffible ces
grans hommes qui préfument tant
d'eux-mefmes, fentiront en lifant ces
lignes , qu'ils n'étoient pas fort fça-
uans dans l'hiftoire de l'Elegie.

Celle que ie vous expofe en fuite
de ce Difcours, eft de nature meflée,
& femblable en quelque façon à cette excellente d'Ouide qui reprefen-
te au lecteur la difpute des deux Mufes , & que pour cette raifon on peut
appeller *Narratiue.* Comme dans cette belle piece le Poëte fait parler au-

trui , & puis s'introduit lui-mefme
pour témoin de l'action : Ainfi dans
ce petit Ouurage ie fais difcourir
deux Amans, & ie mefle mes parolles
parmi leurs diuerfes penfées. I'efti-
me que ce Calianthe qui meurt d'a-
mour & de douleur apres vn combat
glorieux entrepris pour fa Maîtreffe,
exprime à peu prés comme il doit, les
mouuemens de fon ame , que le dé-
plaifir de quitter vne adorable per-
fonne , & la ioye de mourir aimé , &
de mourir victorieux , agitent fi di-
uerfement. Ses fentimens font affez
tendres, fon élocution affez douce,
& tout fon ftile affez facile , pour
eftre vne Idée raifonnable du Charactere Elegiaque. Ces excellens per-
fonnages qui reléuent par leurs Poë-
fies la gloire des Mufes Françoifes,
pourroient vous donner des modelles infiniment plus parfaits que celui
que ie vous propofe. Mais puifque
ces grans Genies ont de grandes
occupations, & qu'ils produifent les
chofes qui font eftimer nôtre langue,
il vaut mieux que nous trauaillions
pour faire admirer les beautez qui
brillent dans leurs Ouurages , que

s'ils difcontinuoient de rauir les con-
noiffans, pour inftruire les curieux.
Nous tafcherons de reüffir dans le
dernier de ces emplois; auantageux
en ce poinct, que le premier fruit des
Preceptes eft pour celui qui les don-
ne, & que nous n'enfeignons les chofes qu'apres les auoir étudiées. I'efti-
me qu'vne Tragedie que vous verrez
dans quelques iours, vous donnera
vn exemple, finon de ces beaux incidens qui rauiffent les Spectateurs, au
moins des penfées ferieufes, des vrais
mouuemens de pitié, & de l'élocution tragique, affez rares fur nôtre
Scene. Ainfi pour exécuter l'entre-
prife que i'ay faite par le confeil de
plufieurs Sages, ie toucheray feparé-
mét toutes les fortes de Poëfie qui font
auiourd'hui eftimées. Que fi le temps
à venir me fournit affez de repos
pour vaquer à ces exercices, i'auray
affez de courage pour chanter dans
vn Poëme Epique les glorieufes A-
uantures de la plus merueilleufe Vie
que les hommes ayent admirée depuis les fiecles heroïques. A dieu.

CALIANTHE
VICTORIEVX,

Mais bleſſé à mort pour la querelle
de ſa Maîtreſſe , & mourant
d'amour & de douleur.

IDÉE DV
CHARACTERE
ELEGIAQVE.

Oici l'heure, Atalante,& le moment funeſte
Où preſt d'abandonner vôtre beauté celeſte,
Et de fermer les yeux à la clarté du iour,
Ie n'ay rien de viuant que la voix & l'amour.
Voici l'inſtant fatal où mon ame enflamée
Aprés tant de douceurs dont elle eſt conſumée,
Sur l'aiſle des plaiſirs s'enuole dans les Cieux,
Et ſe va couronner de la gloire des Dieux.
Ma playe , & vos regards dont ie ſens les atteintes
Epuiſent mes eſprits ſans exciter mes plaintes :
Et j'atteſte l'Amour que mon ſort eſt bien dous,
Puiſque ie vais mourir & par vous & pour vous.

B iij

Content à ce départ, si nôtre destinée
Auoit borné nos ans d'vne mesme iournée ;
Et si l'embrasement qui finit ma langueur
S'allumoit dans vôtre ame ainsi que dans mon cœur.

Mais il faut s'éloigner d'vne Beauté si rare,
Vôtre amour nous vnit, vôtre amour nous separe,
La douceur de vos yeux precipite mon sort,
S'ils m'ont donné la vie, ils me donnent la mort;
Ie ne puis supporter cét excés desirable
Qui me faisant heureux m'a rendu miserable,
Puisque mourant ainsi, ma flame & mon malheur
Remplissent mon esprit de ioye & de douleur.
Heureux par les raisons de ma fin violente,
Malheureux d'estre absent des beaux yeux d'Ataláte,
De ne pouuoir reuiure, adorer ses appas,
Et mourir mille fois d'vn si noble trépas.
Helas il faut partir, & sortant de la vie
Par les charmans regards dont les traits l'ont rauïe,
Loüer les beaux Tyrans dont i'éprouue l'effort,
Et bénir en mourant les autheurs de ma mort.

Atalante ! Atalante ! Ah retenez vos larmes,
Vôtre douleur m'achéue, elle augmente vos charmes,
Elle accroît ma langueur la voulant secourir,
Et me pleurer ainsi c'est me faire mourir.
Songez que ie finis par l'excés de la ioye,
Que ie m'eléue au Ciel par cette douce voye,
Que ce n'est point à moy qu'il faut donner des pleurs,
Et qu'on doit souhaitter de semblables douleurs.
Il est vray qu'en ce poinct ma peine est sans seconde,
Qu'il faut perdre auiourd'hui les plus beaux yeux du
Et qu'aprés m'épuisant en regrets superflus,   [mõde,
Ie voudray les reuoir, & ne les verray plus.

Amour dont la douceur finiſſant mes delices
Contraint ma paſſion de cherir ſes ſupplices,
Doux & cruel Amour, ay-je veu ces beaux yeux,
Pour laiſſer en mourant vn bien ſi précieux ?
Tu pouuois employer ta puiſſance adorable
A rendre ce plaiſir violent & durable,
Et proüuer aux Amans qui chargent tes Autels
Qu'au moins dans ce Threſor tes biés ſont immortels.

Helas ce vain diſcours s'exhale dans la nuë,
Mes plaiſirs ſont paſſez, & mon heure eſt venuë,
Les Deſtins & l'Amour ſe ſeruent de vos yeux
Pour me faire trouuer les Enfers dans les Cieux.
Ie l'éprouue, Atalante, & ma ſeule auanture
Fait durer les douleurs où finit la Nature :
Car tant que l'Vniuers poſſede vos appas,
La Terre a des douceurs, & les Cieux n'en ont pas.
Vos ſeules qualitez touchoient ma phantaiſie ;
I'y trouuois le nectar, i'y trouuois l'ambroſie ;
Et porté ſur les airs loin de vôtre beauté
Ie diray triſtement, LES DIEVX M'ONT TOVT OSTE'.

Atalante, ie meurs, & mon ame embraſée,
Parmi les vains déſirs dont elle eſt épuiſée,
Quitte à regret la Terre, & redoute vn trépas
Qui l'enuoye en des lieux où vous ne ſerez pas.

Ah ! s'il étoit permis à l'Amant plein de gloire
De perdre au meſme inſtant la vie & la memoire,
Que ſon ſort ſeroit doux ! Et qu'on ſeroit heureux
De viure plein de flâme, & mourir amoureux !
Mais ces lieux éternels où leur ame eſt guidée
Font qu'aprés leurs trauaux ils en gardent l'idée.

B iiij

Qu'ils portent chez les Dieux leur peine & leur souci,
Et qu'étans immortels leur flâme l'est aussi.

Il faut donc expirer dans la triste pensée
De regretter là haut ma fortune passée,
D'accoutumer le Ciel à l'vsage des pleurs,
Et de rendre l'Olympe accessible aux malheurs.
Mais quand le iour fatal bornant vôtre durée
Donnera ce beau corps à la voûte azurée,
Et que laissant la Terre aux moins ambitieux
Vous viendrez augmenter les delices des Dieux,
Alors, Belle Atalante, vne ardeur viue & pure
Nous fera mépriser les feux de la Nature.
Alors nous quitterons ces plaisirs languissans
Qui nous ont fait aimer le commerce des Sens;
Et comblez des douceurs d'vne plus belle vie
Nous aurons de l'amour, & n'aurons plus d'enuie.
Là nous serons guéris quand nous serons attteins;
Là dans l'embrasement nos feux seront éteins:
Et nos cœurs animez d'vne plus noble essence
Confondront les désirs auec la ioüissance.

Adieu, chere Atalante. Adieu, retirez-vous;
Détournez ces regards si tristes & si dous;
Dérobez à mes yeux ces yeux chargez de larmes,
Et ne vous seruez plus de ces puissantes armes.
Ces lieux dont vos beautez sont l'vnique ornemene
N'ont rien digne de vous aprés ce changement:
Et puisque j'obeïs à mon heure suprême,
Mon Ame, n'aimez rien, ou vous aimez vous-mesme.
Le Ciel doit vn Amant à vos diuins appas,
Et les vœux d'vn mortel ne les meritent pas.
Adieu. Souuenez-vous (là sa voix fut plus lente)
Souuenez-vous, dit-il, des sermens d'Atalante:

Ma mort va couronner vos attraits & ma foy,
Et ce dernier soupir vous parlera pour moy.

AINSI dît Calianthe, & fermant la paupiere,
Son œil pasle & mourant refusa là lumiere ;
Son esprit clair & vif perdit le iugement,
Et son cœur plein de feu n'eut plus de mouuement ;
Percé du coup mortel d'vne sanglante lame,
Mais beaucoup plus touché par les yeux de sa Dame.

ALORS cette Beauté succombe à la douleur ;
Elle perd tout d'vn temps la voix & la couleur ;
Et l'Amour seul témoin d'vne mort si charmante,
Eut peine à discerner l'Amant d'auec l'Amante.
Ces beaux corps abbattus n'auoient plus de chaleur,
Tous deux estoient couuerts de la mesme pasleur,
Quand les yeux de l'Amante excitez par sa flame
Reprirent leurs attraits, & l'vsage de l'ame.
Destins (dit-elle alors en versant quelques pleurs)
Destins qui m'animez pour sentir mes malheurs,
Apprenez, ô cruels, à connoître Atalante,
Et iugez de son cœur par sa mort violente.
Calianthe n'est plus, ne soyons plus aussi :
Ceux qui sçauent aimer doiuent finir ainsi.

A CES MOTS elle prend ce fer brillant de gloire
Qui de son Calianthe honoroit la victoire :
Elle baise trois fois & sa bouche & ses yeux ;
Elle éléue trois fois ses regards vers les Cieux,
Et se donnant la mort sans l'auoir réclamée,
Deuient comme elle estoit tant qu'elle fut pasmée.
Sa gorge à gros boüillons répand vne liqueur
Qui submerge ses lys en sortant de son cœur :

Et ce rouge éclattant dont elle eſt toute pleine,
Eſt du pourpre étendu ſur de la porcelaine.
Deux ſanglots redoublez achéuent ſon tourment,
Ses bras ſont attachez au corps de ſon Amant,
Ses yeux touchant ſes yeux, & comme elle eſt placée,
Il ſemble qu'il ſommeille,& la tienne embraſſée.

L'AMOVR cruel autheur d'vn coup ſi genereux
Contemple en ſouſriant ces trépas amoureux :
Et raui dans ſon cœur d'vne ſi belle proye,
Témoigne ſes plaiſirs par des larmes de ioye.
Puis ſaiſi de triſteſſe , & comblé de douleur
Il apperçoit ſa faute en ce double malheur,
Et voit que ſon excés met dans la ſupulture
Des attraits qui pouuoient enflammer la Nature.

LORS de ſes propres mains il ouure leur tombeau:
Il fait luire à l'entour ſon funeſte flambeau :
Et fermant le threſor de leurs levres écloſes
Il poſe les deux corps ſur deux coûches de roſes.
Il étend ſur leurs yeux le voile de ſes yeux ,
Il ſanglotte , il gemit , il atteſte les Dieux ;
Et du trait qui bleſſa ce couple incomparable,
Il venge en expirant ſa perte irréparable.

———— *Par Regibus ipſis
Contemptu rerum.*

F I N.

AV LECTEVR.

DAns la grande Edition de cét
Ouurage, corrigez s'il vous
plaist vne faute importante. Page
quatorziesme, il y a vers d'onze syllabes &c. lisez vers de dix syllabes. Adieu.

Auec Priuilege de sa Majesté, signé,
Par le Roy en son Conseil, Conrart,
& seellé du grand seau. Donné à Pa-
ris le dernier Mars 1640. portant de-
fenses à tous autres qu'à la Veuue
Iean Camusat, d'imprimer le present
Charactere Elegiaque, composé par le
sieur de la Mesnardiere, durant l'espa-
ce de sept ans, sur les peines qui y
sont contenües.

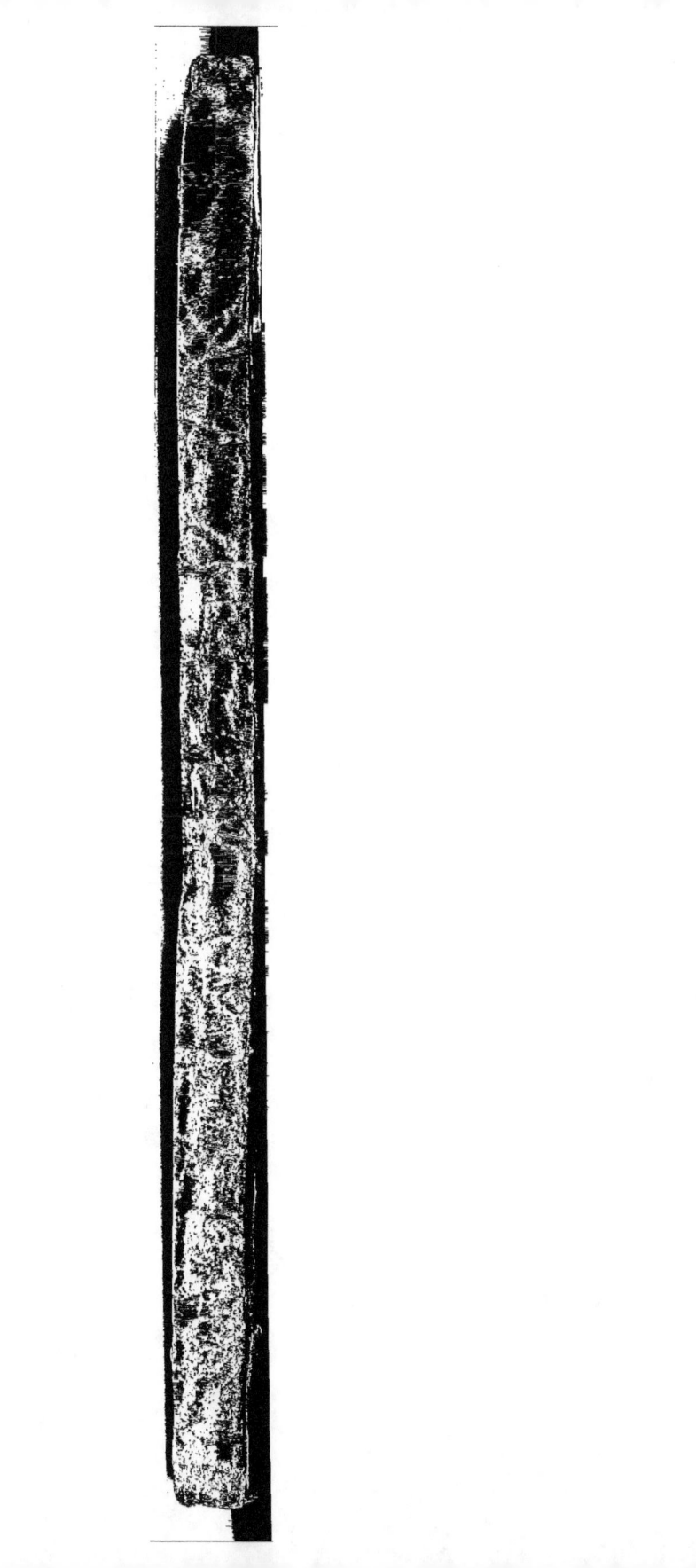